VENTE DU MERCREDI 8 MARS 1911

HOTEL DROUOT. — SALLE N° 10

COSTUMES MILITAIRES

FRANÇAIS & ÉTRANGERS

CAMPAGNES — OUVRAGES HISTORIQUES

COSTUMES CIVILS

VOYAGES — MŒURS — MODES

THÉATRE

Commissaire-Priseur :
Me ANDRÉ DESVOUGES
26, Rue de la Grange-Batelière

Experts :
MM. Léo DELTEIL & A. LE CORBEILLER
38, Rue de Châteaudun

N° 49 du Catalogue

CATALOGUE

DE

COSTUMES MILITAIRES

FRANÇAIS & ÉTRANGERS

CAMPAGNES — OUVRAGES HISTORIQUES

COSTUMES CIVILS

VOYAGES — MŒURS — MODES

THÉATRE

Dont la vente aura lieu

à Paris, HOTEL DROUOT, Salle N° 10

Le MERCREDI 8 MARS 1911, à 2 heures précises

Par le ministère de Me André DESVOUGES

COMMISSAIRE-PRISEUR

26, Rue de la Grange-Batelière

Assisté de MM. Léo DELTEIL et A. LE CORBEILLER

Marchands d'Estampes-Experts

38, Rue de Châteaudun

CONDITIONS DE LA VENTE

Elle sera faite au comptant.

Les adjudicataires paieront *dix pour cent* en sus des enchères.

MM. Léo Delteil et A. Le Corbeiller rempliront les commissions que voudront bien leur confier MM. les amateurs ne pouvant y assister.

MM. les amateurs pourront visiter la collection du **Lundi 21** février au mardi 7 mars 1911.

ORDRE DE LA VACATION

Voyages, Mœurs, Théâtre. *Nos 150 à 177*

Costumes Militaires, Costumes Civils. *Nos 1 à 149*

COSTUMES MILITAIRES

CAMPAGNES - OUVRAGES HISTORIQUES

---

1. **Guérard** (N.). Les Exercices de Mars. *Paris* (vers 1700) ; petit in-4 obl., en feuilles, montées sur bristol.

Suite de 23 planches (sur 24 ; le titre manque) par *N. Guérard*, représentant des *Costumes et Exercices Militaires, punitions infligées aux soldats, etc.*

2. **Vernier** (Ch.). Costumes de l'Armée Française. *Paris*, *Aubert*, *s. d.* (1846) ; in-fol. oblong, cart.

24 lithographies *coloriées*, représentant 144 costumes militaires français de 1674 à 1842.

3. **Vernet** (H.) et **E. Lami**. Collection des Uniformes des Armées Française de 1790 à 1814 — Collection raisonnée des Uniformes Français de 1814 à 1824, 2e partie de la Collection générale — *Paris*, 1822-1825, 2 vol. in-8, *fig.*, demi rel.

Premier tirage des 148 lithographies *coloriées* (100 pour la 1re partie et 48 pour la seconde) — Manque 1 planche au tome 1er : Légion portugaise.

4. **HORVATH. Uniformes de l'Armée Française** (en 5 livraisons). *A Potsdam, chez Horvath* (1802). Petit in-4, en cahiers, dans un carton.

Reproduction à l'aquarelle de cet *Ouvrage si rare*. Cette copie très exacte, a été faite il y a environ 25 ans sur l'exemplaire de *Dresde* et contient **43 planches** au lieu de 41 décrites.

Provient de la *Vente Millot*.

5. **WIELAND** [**Représentation des Uniformes de l'Armée Impériale et Royale Française et de ses Alliés en l'an 1812.** *Weimar*, 1812]. In-4, en feuilles.

Reproduction *exécutée à la main avec une rare perfection* d'une suite *excessivement rare* et dont on ne connait que quelques exemplaires gravés.

Elle comprend 26 types de l'Armée française et 66 des Troupes Alliées. — Ensemble **92 pièces à la gouache**, *avec rehauts d'or et d'argent.*

Précieux document.

6. **BELLANGÉ** (H.). **Uniformes de l'Armée Française** depuis 1815 jusqu'à ce jour (1828). *Paris, Gihaut ff., s. d.*, in-4, dérelié.

104 planches lithographiées et *coloriées.*

Premier tirage de cette suite, une des plus importantes de Costumes Militaires.

Quelques raccommodages et déchirures.

7. **MALLET. Infanterie de la Garde Royale.** Dessiné par le Chef d'Escadron Mallet. Lithographié par Ordre de S. E. le Ministre de la Guerre (1818-1819). In-fol., en feuilles.

6 lithographies en noir.

8. **AUBRY** (Ch.). **Collection des Uniformes de l'Armée Française**, présentée au Roi par S. E. M. le Maréchal, duc de Bellune, Ministre de la Guerre. *Paris, chez Ch. Picquet (Imp. de C. Motte)*, 1823; gr. in-fol., cart. anc.

Première édition comprenant un titre, un frontispice et 24 planches (sur 27) lithographiées et *coloriées* par *Ch. Aubry*, et 1 f. de table.

Très rare.

9. **Ecole Royale Spéciale Militaire** (Saint-Cyr). *Paris, Engelmann, s. d.* (vers 1830); in-4 obl., cart. bradel, dos et coins percal bleue, *non rogné.*

Album de titre et 5 planches, lithographiés par *Jacottet* et *V. Adam*, d'après *Richoux.*

9 *bis*. **Saillet** (Alex. de). Les Ecoles royales de France ou l'Avenir de la Jeunesse. Dessins de MM. Ch. de Saillet, Bouchot, Lemercier Marckl, etc. *Paris, Lehuby, s. d.*, in-8, *fig. dans le texte et lithog. hors texte coloriées*, cart. toile, fers spéc., tr. dor. (*Cart. de l'Editeur).*

10. **LAMI** (Eug.). Collection des Armes de la Cavalerie Française en 1831. *Paris, Neuhans (Imp. de Villain).* In-fol. obl., en feuilles.

6 planches (sur 10) lithographiées et *coloriées*. 3 planches sont plus courtes et remontées ; l'une d'elle est restaurée.

Très rare.

11. **Ambert** (J.). Esquisses historiques des différents Corps qui composent l'Armée Française. Dessiné par Ch. Aubry. *Paris, A. Degouy*, 1835, in-fol., *planches*, demi-rel. de l'époque.

Orné d'un titre-frontispice et de 13 lithographies dans des encadrements représentant des costumes et scènes militaires.

Première édition bien complète en 13 planches. — Une édition postérieure contient 3 planches en plus.

12. **LALAISSE** (H.). **Armée Française, Règne de Louis-Philippe Ier.** *Paris, Maison Martinet (Lith. de Villain)*; *s. d.* (vers 1845) ; in-fol. obl., cart. de l'époque.

Frontispice par *Lacauchie* avec portraits du Roi et des princes royaux, et 24 lithographies *coloriées* par *H. Lalaisse*, représentant plus de 130 costumes militaires de cette époque.

Une des meilleures et des plus rares suites de Lalaisse.

13. **Lalaisse** (H.). Uniformes de l'Armée et de la Marine françaises (1848-1852), *Paris, Maison Martinet, Hautecœur frères, s. d.*; in-4, en feuilles, dans un carton.

27 planches lithographiées et *coloriées* (sur 40). Quelques planches plus courtes.

On y a joint 10 planches de *Costumes militaires de l'Empire français* (1853-1855), également lithographiées et *coloriées* par *Lalaisse*.

14. **Dumaresq** (Armand). Uniformes de la Garde Impériale en 1857. *Paris, Imp. Impériale* en 1858.— Uniformes de l'Armée Française en 1861. *Paris, Impr. de Lemercier*, 1861.— Ens. 2 vol. gr. in-fol., dans leur cart. original.

Ouvrages rares, *non mis dans le commerce*. Le 1er vol. contient titre, table, 5 tableaux de texte et 55 lithographies *coloriées*.

Le 2e vol. contient titre, table, et 56 lithographies *coloriées* (12 pl. sont en noir).

Exemplaires bien complets.

14 *bis*. **Ce qui plaît aux Enfants**. Nouvel Album illustré de 450 sujets lithographiés par Lasalle, de Moraine et Valet. *Paris, Vermot et Cie, s. d.*; in-4, cart. toile rouge, fers spéc., tr. dor. *(Cart. de l'Edit.)*.

Album orné d'un grand nombre de lithographies *coloriées*, la plupart a plusieurs sujets, représentant principalement des *Costumes militaires*.

15. **Ecole de Cavalerie. Saumur**. *Saumur, Javaud (Paris, imp. Lemercier et Cie), s. d.* (1870); gr. in-fol., *planches*, cart. toile de l'édit.

Belle publication comprenant un titre orné, 4 ff. de texte, une vue générale de l'Ecole et 13 lithographies *en couleurs* par *A. Adam*, d'après *Tom Drake*, représentant les scènes de manège, carrousels, sauts d'obstacles, etc.

Ouvrage peu commun, n'ayant pas figuré dans les ventes Millot, Balsan et Glaser.

16. **Dumaresq** (Armand). Armée Française. *Paris, Ch. Gillot, grav. imp.; L. Baschet, édit., s. d.* (vers 1885). In-8, en feuilles.

12 planches en *couleurs*.

17. **Cantinières françaises**. *Paris, F. Sinnet, édit., s. d.*, album in-12, cart. toile rouge.

Album contenant 25 planches lithographiées se dépliant.

18. **Guérin** (Léon). **Histoire Maritime de France**, depuis la fondation de Marseille jusqu'à nos jours. Avec 31 belles gravures d'après les dessins de T. Johannot, Gudin, Isabey, Marckl, Raffet, gravées par Outhevaite, Pollet, etc. *Paris, Ledoux*, 1863, 2 vol. in-8, *fig.*, cart. toile bleue, ornés fers spéciaux, tr. dor. *(Cart. de l'édit.)*.

19. **Marine Royale**, commencement du XVIIIe siècle. **Aquarelles** originales, in-fol., en feuilles, montées sur bristol.

Collection de 6 aquarelles représentant les Costumes Militaires de la Marine au commencement du XVIIIe siècle. Il n'existe que très peu de documents sur ce sujet.

20. **Décret** du 29 janvier 1853, déterminant l'Uniforme des différents Corps de la **Marine**. *Paris, imp. Impériale,* 1853, in-8, *planches,* broché, *couv. imp.*

Avec 20 planches donnant tous les détails des différents uniformes de la Marine.

21. **Sahib.** Croquis Maritimes. *Paris, Léon Vanier,* 1880 ; in-4, *fig.*, cart. toile, *non rogné, couv. conservée.*

22. **Fieffé** (Eug). Histoire des Troupes Etrangères au service de la France depuis leur origine jusqu'à nos jours et de tous les Régiments levés dans les pays conquis sous la première République et l'Empire. *Paris, Dumaine,* 1854, 2 vol. gr. in-8, *pl.*, demi-rel., mar. bleu avec coins, dos ornés, têtes dor., *non rognés, couv. conservées.*

Ouvrage orné de 32 planches de Costumes Militaires, *coloriées* — Bel exemplaire.

23. **Titeux** (Eugène). Saint-Cyr et l'Ecole spéciale Militaire en France. Fontainebleau, St-Germain. Ouvrage illustré de 107 reproductions en couleurs, 264 gravures en noir et 26 plans, d'après les aquarelles et dessins de l'auteur. *Paris, Firmin-Didot,* 1898, in-4, *planches et fig.*, veau fauve, fers spéciaux, tête dor., *non rogné* (*Rel. de l'Editeur*).

24. **CARNET DE LA SABRETACHE.** Revue militaire rétrospective publiée par la Société « La Sabretache ». *Paris, Berger-Levrault,* 1893-1902, 10 vol. in-8, *planches,* demi-rel. vélin bl. avec coins, *ébarbés, couv. conservées.*

Nombreuses illustrations et planches en noir et *en couleurs,* portraits, costumes, autographes.

Première série complète ; exemplaire de souscription avec les primes.

25. **Campagnes des Français** sous le Consulat et l'Empire. Album de 52 batailles et 100 portraits des Maréchaux et Personnages les plus illustres de l'époque et le portrait de Napoléon Ier, accompagné d'un fac-simile de sa signature. Collection de 60 planches, dite Carle Vernet. *Paris, s. d.*, in-fol. *port. et planches,* demi-rel. veau, tête dor.

26. **Marco de St-Hilaire** (Emile). Histoire populaire, anecdotique et pittoresque de Napoléon et de la Grande armée. Illustrée par J. David. *Paris*, *Kugelmann*, 1843, gr. in-8, *fig.*, bas. verte à long grain, dos et plats ornés fers spéc., tr. dor. *(Rel. de l'époque).*

Premier tirage.

27. **Marco de St-Hilaire** (Emile). Histoire populaire de la Garde Impériale. Illustrée de **41** gravures à part, dessinées par R. de Moraine, avec types coloriées à l'aquarelle. *Paris, Lecou, s. d.*, petit in-8, *fig. en noir et Costumes militaires coloriés, grav. sur bois*; demi-rel. chag. vert, dos orné, tête dor., *ébarbé.*

28. **Bacler d'Albe.** Souvenirs pittoresques du Général Bacler d'Albe. *Paris, Lith. de G. Engelmann, s. d.* (1818-1824) ; 2 vol. in-4, demi-rel. de l'époque.

Tome Ier : Titre, portrait, 100 planches et cul-de-lampe, représentant des *vues de Suisse, France, Piémont*, etc.

Tome II : Titre, 100 planches et cul-de-lampe. Ce vol. porte comme sous titre : *Campagne d'Espagne.*

Ex. bien complet.

29. **Labédollière** (E. de). Histoire de la Garde Nationale. Récit complet de tous les faits qui l'ont distinguée depuis son origine jusqu'en 1848. Illustrée de **10** dessins coloriés, gravés sur acier, représentant les Uniformes de toutes les époques, dessins et gravure de Pauquet. *Paris, Dumineray*, 1848 ; in-12, *fig.*, demi-rel. mar. bleu, à long grain avec coins, dos orné, tête dor.

30. **Raisson** (H.). Histoire populaire de la Garde Nationale de Paris, juillet 1789-juin 1832. Ornée de 14 lithographies d'après M. Eug. Lami. *Paris*, 1832 ; in-8, *planches*, cart. bradel perc. bleue, *ébarbé.*

31. **RAFFET.** Dessins faits d'après nature au siège de la Citadelle d'Anvers. *Paris, Gihaut et Bertauts, s. d.* (1833), in-fol., demi-rel. mar. rouge avec coins.

Suite complète d'une vignette de titre et 24 lithographies sur blanc ou sur *chine.*

32. **Raffet.** Retraite et Prise de Constantine. *Paris, Gihaut frères, s. d.* (1837-1838). In-fol., demi-rel. mar. rouge.

Suite complète de 6 et de 12 lithographies, ensemble 18 pièces sur **papier de chine.** Sans les frontispices.

33. **Raffet**. Souvenirs d'Italie. Expédition de Rome, 1849. *Paris, Gihaul frères* (1850-1859); gr. in-fol., cart. toile du temps.

Titre et 36 lithographies par *Raffet*, épreuves sur *papier de chine*.

34. **Dolby's**. Sketches in the Baltic, 1854. *London, Conalghi and C°*, 1854, gr. in-fol., *planches*, demi-rel. veau gris.

Titre, dédicace, 45 planches lithographiées relatives aux *Campagnes de la Baltique et de la Crimée* et 6 portraits sur *papier de chine*.

35. **Campagne d'Italie**, 1859. Collection de **Dessins originaux** à la mine de plomb ; in-4 et in-fol. en 1., montés sur bristol.

Intéressante collection de 20 dessins originaux et 1 carte, relatifs aux différents évènements de la *Campagne d'Italie sous Napoléon III*.

Ces dessins ont été exécutés à l'époque par des artistes allemands : *F. Kranz, W. Richter, A. Beck et F. Kaiser.*

36. **Neuville** (A. de). En Campagne. Tableaux et dessins de A. de Neuville. Texte de Jules Richard. *Paris, Boussod, s. d.* ; in-fol., *fig.*, cart. toile de l'édit.

Premier tirage.

37. **Detaille** (Ed.). Les Grandes Manœuvres, par le major Hoff. Illustrations par Edouard Detaille. *Paris, Boussod*, 1884 ; in-fol., *fig.*, cart. de l'édit.

Exemplaire sur **papier du Japon**.

---

38. **Law**. Het Groot Tafereel der Dwaasheid, etc. (Grand Tableau de la Folie incroyable de la 20e année du XVIIIe siècle, etc., représenté par les gravures, les comédiens et les vers publiés par plusieurs amateurs, etc.). *S. l.* (*Amsterdam*). 1720 ; in-fol., *fig.*, demi-rel. anc., *non rogné*

Recueil intéressant de caricatures et pièces historiques sur *Law et sa fameuse Banque*. Texte hollandais.

Bel ex. contenant 76 planches, parmi lesquelles on remarque le *Jeu de Cartes satyriques*, planche qui manque souvent.

39. **Monnet.** Principales Journées de la Révolution, depuis l'Ouverture des Etats-Généraux jusqu'au 18 Brumaire, en 15 tableaux gravés par Helman, d'après Monnet. *Paris, Imp. Chardon, s. d.*; in-fol. obl., demi-rel., plats toile.

Edition contenant une planche supplémentaire : Combat du Vengeur. Gravé par Le Gouaz, d'après Ozanne.

40. **Adam** (V.), **Arnout** et **Bichebois.** Retour en France des Dépouilles mortelles de Napoléon. Recueil de sujets représentant les épisodes les plus remarquables de son exhumation, de sa translation et de ses funérailles, dessinés d'après nature par des témoins oculaires et lithographiés par V. Adam, Arnout et Bichebois. *Paris, Jeannin*, 1840, in-fol., en feuilles, dans un carton *avec couv. ill. collée sur le plat.*

18 planches lithographiées.

41. **Lœillot.** Funérailles des Cendres de Napoléon. Recueil de six scènes de cette cérémonie remarquable, accompagnées de 12 sujets rappelant les faits principaux de la vie de l'Empereur. *Paris, Ostervald (Imp. de Villain), s. d.*; in-4 en larg., en feuilles, sous *couv. ill.*

Suite de 6 planches dessinées et lithographiées par *Lœillot* avec 12 petits sujets formant encadrement. Ces encadrements et la couverture illustrée sont tirés en or.

42. **Neureuther** (E.). 27, 28, 29 Juillet 1830, représentés en trois tableaux renfermant trois Chansons Patriotiques. *Paris, Knecht et Roissy*, 1831, in-fol., en feuilles.

Titre orné et 3 planches avec chansons : *Veillons au salut de l'Empire, la Marseillaise et la Parisienne.* **Rare.**

43. **Révolution de Juillet 1830.** Réunion de 18 planches lithographiées ; in-4, en feuilles.

Lami (E.). Croquis faits d'après nature dans Paris pendant les journées de Juillet 1830 — 3 planches.
Swebach (Ed.). Semaine Parisienne, 1830 — 5 planches (sur 12).
Lœillot. (Révolution de 1830) — 5 planches.
David (J.), **Vernet et Werner** — 3 planches.
Bellangé (H.). Croquis de Circonstance, 1830 — 1 planche.
Raffet. Tirez sur les chefs et les chevaux... (28 juill. 1830) — 1 planche.

44. **Voyage en Lorraine** de S. M. l'Impératrice et de S. A. I. le Prince Impérial ; précédé du Voyage de S. M. l'Impératrice à Amiens. Texte par F. Ribeyre. *Paris, Plon, s. d.* (1866) ; in-4 obl., *pl.*, en feuilles.

Orné des portraits de l'Impératrice et du Prince Impérial, d'une eau-forte de *Jacquemart, d'après Meissonier* et de 41 dessins gravés sur bois, dont 6 hors texte.

---

45. **Armée Anglaise.** *S. l., n. d.* (vers 1840) ; in-fol. en h.

4 belles lithographies sans nom d'auteur et *avant toute lettre* ; une imprimée sur *chine monté.*. — Elles représentent des types de la Garde : Grenadier, Garde Ecossaise, Life Guard et Horse Guard.

Rare.

46. **Vernet** (C.). Costumes Militaires Anglais et Ecossais. Dessinés par C. Vernet ; gravés par Debucourt. *A Paris, chez Ch. Bance.* In-fol., en feuilles.

4 planches gravées et *coloriées : Militaires Anglais ; Officiers Anglais et Ecossais ; Militaires Ecossais ; Artilleur et Chasseur Anglais.*

---

47. **ECKERT ET MONTEN. Les Armées d'Europe** représentées en groupes charactéristiques, composées et dessinées d'après nature par H. A. Eckert et D. Monten à Munich. **Allemagne.** *Wurzbourg, s. d.* (vers 1835) ; in-4, en feuilles, dans 3 cartons.

Exemplaire complet et en *premier tirage*, renfermant 366 planches lithographiées et *coloriées*, dont voici le détail :

Prusse. 50 planches, dont 9 de schéma. — **Bavière.** 39 planches, dont 2 de schéma, plus 16 pl. pour *l'Armée territoriale du Royaume de Bavière.* Ens. 55 planches. — **Wurtemberg**, 30 planches. — **Bade**, 21 planches. — **Saxe**, 23 planches. — **Duchés de Saxe**, 15 planches. — **Hanovre**, 22 pl., dont une double avec variante. — **Brunswich**, 14 planches. — **Hesse**, 42 planches. — **Mecklembourg**, 20 planches. — **Nassau**, 11 planches. — **Anhalt**, 8 pl., dont 3 variantes. — **Hohenzollern**, 4 pl. — **Lippe Detmold**, 4 pl. — **Schaumbourg Lippe**, 2 pl. — **Reuss**, 4 pl. — **Schwarzburg**, 4 pl. — **Waldeck**, 2 pl. — **Holstein**, 13 pl. — **Oldenbourg**, 8 pl. — **Hambourg, Lubeck, Brème**, 9 pl. — **Francfort**, 5 pl., dont 1 variante.

On y a joint 48 couvertures de livraisons. Rare en aussi parfaite condition.

48. **Krickel** (G.) et G. **Lange**. Das Deutsche Reichsheer in seiner neuesten Bekleidung und Ausrüstrung. In Bild und Wart dargestellt von G. Krickel und G. Lanje. *Berlin, Max Hochsprung, s. d.* (1888), in-4 obl., cart. toile rouge de l'édit., fers spéc.

Ouvrage orné de 45 planches hors texte *en couleur*, de Costumes militaires allemands (*Prusse, Saxe, Bavière, etc.*), et de figures dans le texte, donnant tous les détails des uniformes actuels de l'Armée allemande, d'après des documents officiels.

49. **SCHINDLER** (C.-F.). **Deutsche zu Pferd**, 1884-1887. **Aquarelles originales**, in-4 obl., en feuilles, dans un carton.

Superbe collection de **60 aquarelles** originales, exécutées avec un soin remarquable. Ces pièces en largeur, sont à plusieurs personnages avec fonds, représentant les différents Corps de l'Armée allemande, et forment de véritables petits tableaux. Chaque pièce porte au dos le nom du corps représenté.

Très belle série provenant des ventes *A. Millot* (505 fr.) *et A.-V. Odero.*

50. **Théâtre** de la Guerre en Allemagne, contenant toutes les opérations militaires des Campagnes de 1733-34 et 35, les plans des sièges et des camps. Par le S[r] Le Rouge. *Paris, l'auteur,* 1741, in-4, *planches*, veau anc., *armoiries* sur les plats.

51. **Illustrationen** zur Rang-und Quartier-Liste oder Ablidungen der neuen Unitormen in der **Preussiche Armee**. *Berlin, Mittler*, 1841-1845, 5 livraisons in-8, brochés.

Suite complète de 20 planches *coloriées* de Costumes militaires prussiens. Rare.

52. **Lange** (Eduard). Die Soldaten Friedrich's des Grossen. Mit 31 original-zeichnungen von Adolph Menzel. *Leipzig, Avenarius und Mendelssohn, s. d.* (1852), in-8, *front. et pl.*, demi-rel. chag. noir avec coins, tête dor., *ébarbé*.

Illustrations de *A. Menzel, coloriées. — Edition originale.* Rare.

53. **Randel**. Die Königl. Preussiche Armee (Armée Royale de Prusse). *Berlin, Meyer et Hoffmann, s. d.* (1845) ; gr. in-fol. en h., en feuilles.

Suite complète de 6 grandes lithographies *coloriées* par *W.-A. Meyerheim, E. Meyer, Fischer et A. Klaus*, d'après *Randel.*

54. **SACHSE** (L.). **Das Preussiche Heer**, herausgegeben und Sr Majestät dem Könige Friedrich Wilhelm III von Preussen, allerunterthänigst gewidnet von der kunsthandlung von L. Sachse und Co. Gezeichnet und lithographirt L. Elzholz, C. Rechlin, J. Schulz. *Berlin*, 1830, in-4, demi-rel.

Suite complète de un titre lithographié en noir et 72 lithographies *coloriées* donnant les Uniformes de l'Armée Prussienne. Plus 6 planches doubles présentant quelques différences (nos 23, 24, 36, 48, 52 et 54). Ens. 78 pièces.

Première suite publiée par *Sachse*. Rare et recherchée.

55. **Schindler**. Militar Album des Koniglich Preussischen Heeres, nach der neuesten organisation... von C. F. Schindler. *Berlin* (1863 1873), gr. in-fol., demi-rel. chag. bl., plats toile.

Collection de 48 planches lithographiées et *coloriées*.

56. **Schneider** (L.). Illustrite Stamm-Rang und Quartier Liste der Königlich Preussichen Armee, von L. Schneider, herausgegeben und verlegt von Alex. Duncker. *Berlin*, 1854; 1 vol. gr. in-8, de texte, et planches in-plano, en feuillles.

Titre lithographié par Wisniewski et 6 grandes lithographies *coloriées*.
Le vol. de texte qui comprend 6 parties, est en demi-rel. chag. rouge, *non rogné*, *couv*.

Très belle suite, rare complète.

57. **Sillig** (Viktor). Bayerische Chevaux legers in sechs Radirungen, von Viktor Sillig. *Munchen*, *G. Jaquet*, 1842 ; in-4 obl., broché.

Suite de 7 planches à l'eau-forte par V. Sillig, précédée d'un titre et d'un feuillet de texte.

58. **Beck** (Aug.). Die Koniglich Sachsische Armee in ihrer neuesten Uniformirung. *Dresden*, *Meinhold und Sohne*, *s. d.*, in-12 carré, cart. toile rouge de l'édit., *couv*.

Album de 24 lithographies *coloriées* de Costumes militaires de Saxe.

59. **HEINE**. **Armée Saxonne**. *Dresden*, *gedruckt v. Louis Zoellner*, *s. d.*, in-4, demi-rel. chag. rouge.

Suite de 16 belles lithographies *coloriées*, à plusieurs personnages, donnant les Uniformes de l'Armée Saxonne.

Bel ex. provenant de la *Bibliothèque Militaire de S. A. R. Mgr le Duc d'Orléans*.

60. **Stadlinger** (L. J. von). Geschichte des Wurttembergischen Kriegswesens von der fruchesten bis zur neuesten zeit. *Stuttgart*, 1856, 1 vol. in-8, de texte, cart. et un album in-4 obl., en feuilles, dans un carton.

L'album comprend 36 planches *coloriées* avec 244 Costumes Militaires Wurtembergeois.

61. **Kaiser** (Friedrich). Erinnerungen an der Feldzug in der Rheinpfalz und Baden im Jahre 1849. *Berlin*, *L. Sachse und C°*, 1849 ; in-fol., en feuilles.

Titre et 6 planches lithographiées sur **papier de Chine**.

---

62. **Eckert et Monten.** Les Armées d'Europe représentées en groupes charactéristiques... **Autriche.** *Wurzbourg*, *s. d.* (vers 1835) ; in-4, en feuilles.

30 planches de Costumes Militaires de l'Empire d'Autriche, lithographiées et *coloriées*, dont 2 de schéma. — *Premier tirage*.

63. **Pettenkoffer** et **Strassgschwandtner**. Die K. k. Osterreich'sche Armee nach der neuesten Adjustirung. *Wien*, *A. Leykum* (1850-1853) ; in-fol., en feuilles.

Réunion de 16 planches (sur 36) lithographiées et *coloriées* de Costumes Militaires Autrichiens (n°s 4, 6, 7, 8, 9, 17, 18, 20 à 23, 26, 29, 30, 32 à 34 et 36).

64. **Raffet.** Soldat Autrichien (Régiment Guilay) en tenue de campagne, de face, et de profil. **Deux aquarelles originales** de Raffet (35×24).

Belles aquarelles provenant des collections San Donato (1870), A. Millot (1904) et A. V. Odero.

65. **Strassgschwandtner.** Armée Autrichienne. *Wien*, *s. d.* (vers 1850). 4 albums in-12, cart. toile rouge de l'édit.

Suite de 60 planches lithographiées et *coloriées*.

66. **TRENTSENSKY** (Chez). **K. k. Œsterreichische Armée**, nach der neuen Adjustirung. *Wien, M. Trentsensky, s. d.* (1837-1848) ; in-fol., demi-rel. de l'édit., plats toile.

Bel ouvrage divisé en 6 parties comprenant 88 lithographies *coloriées* des Armées Autrichiennes de terre et de mer.

Exemplaire bien complet. Rare. L'ex. de la vente Glaser ne contenait que 70 planches et celui de la vente Odero contenait 86 pl. (sur 88).

67. **Trentsensky**. K. k. Œbsterreichische Armée..... *Wien, s. d.* (1837) ; in-fol., en feuilles.

Réunion de 6 planches lithographiées et *coloriées* de la 1re partie (Pl. nos 8, 10, 11, 12, 13 et 15), représentant toutes, des Types de la Garde.

68. **Trentsenky**. K. k. Œsterreichisde Armee, nach der neveun Adjustirung. *Wien* (vers 1850) ; in-fol., en feuilles.

Suite de 12 planches lithographiées et *coloriées* concernant la *Cavalerie autrichienne*.

Série différente du n° 66.

69. **Kocziczka** (O.). Winter Campagne des Gf. Schlik'sachen Armee Corps (1848-1849). *Wien, L. T. Neumann, s. d.* (1850) ; in-fol. obl., en feuilles.

Suite complète de 12 belles planches lithographiées et *coloriées* par *Bachmann-Hohmann*, d'après *Oberl. Koczic̨zka*.

On y a joint 7 planches diverses sur la même campagne lithographiées, et *coloriées* par Lancedelli et Weixelgartner, d'après Zeilner, Penza, Zalder, etc., également publiées à *Vienne* par *Neumann*.

Ensemble 19 planches.

70. **Gedenkblätter** ans der Geschichte des K. K. Heeres. *Wien, H. Martin*, 1868 ; in-fol. obl., en feuilles, dans un cart. ill.

42 planches lithographiées sur *papier de chine* de scènes militaires et batailles, par *Gerasch, Bauer, Greil, Schonberg*, etc., d'après *Geiger, Gaul, Dietz, L'Allemand, Camphausen*, etc.

On y a joint le volume de Notice, par Q. Leitner ; in-8, *plan*, broché.

71. **Hendrickx** (H.). Uniformes de l'Armée Belge, publiés d'après les dessins originaux exécutés par ordre de S. A. R. Mgr le Duc de Brabant. *Bruxelles, Muquardt*, 1855, gr. in-fol. obl. ; en feuilles.

Suite complète d'un titre et de 4 grandes planches lithographiées et *coloriées*. — Très belle suite.

72. **MADOU.** Collection des Costumes de l'Armée Belge, en 1832 et 1833. *Bruxelles, Dero-Becker, s. d.*, in-fol. obl., demi-rel. mar. rouge à long grain.

Suite complète de 23 lithographies *coloriées*. La première, non numérotée, représente *Le Roi des Belges*.

Bel exemplaire sans le titre imprimé ; provenant de la Vente Odero.

---

73. **Cusachs** (J.). Armée Espagnole, 1883. 4 planches en chromolithographie, in-fol.

74. **Gimenez.** Costumes Militaires Espagnols. *Paris, Imp. Lemercier, s. d.* ; in-4 ; en feuilles.

Réunion de 42 planches lithographiées et coloriées par *V. Adam*, d'après *Gimenez*, et tirées de l'ouvrage « *Historia organica de las Armas de Infanteria y Caballeria Españolas, ... por el gal Conde de Clonard, Madrid, 1851-1859.* »

On y a joint : **Album Militar.** Excercito Espagnol. *Madrid* (vers 1845) — Réunion de 18 lithographies *coloriées* de V. Adam, d'après Villegas (6 pl. sont en noir, dont 4 avant la lettre sur chine).

5. **Villegas.** Album Militar. Egercito Español. *Madrid, en las Estamperias de los Suizos, s. d.* (vers 1845) ; in-4, cart. en soie moirée avec dorures, doublures et garde de soie, tr. dor. (Rel. du temps).

25 planches lithographiées et *coloriées* par *V. Adam*, d'après *Villegas*.

Cartonnage en soie, provenant de la **Bibliothèque du duc de Montpensier**, avec ses armoiries sur les plats, et avec son ex-libris. — Les planches sont détachées de la reliure.

76. **Zambrano** (Mis de). Coleccion de Uniformes del Egercito Español. *Madrid*, 1830 ; gr. in-fol. en larg., en feuilles.

Titre et 19 planches lithographiées, non numérotées, représentant sous forme de tableaux, les Uniformes de l'Armée Espagnole.

77. **Galbez** (J.) et F. **Brambila.** Ruinas de Zaragoza. *S. l., n. d.*, (vers 1810) ; in-fol., en feuilles, à toutes marges.

Suite de 22 planches gravées à *l'aquatinte en bistre* par *J. Galbez et F. Brambila*, représentant les principaux évènements du *Siège de Saragosse.*

Belle suite, rare.

---

78. **MARIA** (de). **Armée Italienne,** 1881-1882. **Aquarelles originales** ; in fol., en feuilles, montées sur bristol.

Belle collection de 30 aquarelles originales donnant la représentation de l'Armée Italienne sous Victor-Emmanuel. Provenant de la vente *Odero.*

79. **Armée Napolitaine.** *S. l., n. d. (Paris, F. Sinnett)* ; in-4, demi-rel. chag. noir.

Suite de 1 portrait de Ferdinand II et de 24 planches de Costumes militaires, lithographiés et *coloriés.* Ces planches de format in-8 sont montées sur bristol et reliées sur onglets.

80. **Zezon** (Antonio). **Tipi Militari** dei differenti Corpi che compongono il Reale Escrcito e l'Arme di Mare di S. M. il R. del Regno delle Due Sicilie. *Napoli*, 1850-1854 ; in-fol., *pl.*, demi-rel. chag. brun avec coins.

86 planches lithographiées sur teintes et *coloriées*, y compris 2 frontispices, représentant les différents Costumes militaires de **l'Armée Napolitaine.**

Bel exemplaire.

81. **Comba.** La Sardaigne Militaire. Dessinée et lithographiée par Comba, attaché à l'Etat-Major du g[al] La Marmora. *Paris, Sinnett, édit. (Lith. Becquet ff.), s. d.*; in-4 obl., demi-rel., mar. grenat, tête dor.

25 planches lithographiées et *coloriées*, montées sur bristol à deux sur la même feuille.

82. **Galateri** (Pietro). Armata sarda uniformi antichi e moderni. Album dedicato a S. M. il Re Carlo Alberto. *Torino*, 1844 ; in-fol. obl., demi-rel.

Titre, table et 23 planches (sur 33) lithographiées et *coloriées.*

Les planches qui manquent sont les n°s 1, 3, 7, 13, 23, 24, 25, 27, 31 et 32. — 5 planches (n°s 6, 15, 19, 26 et 29) sont détachées du volume, plus courtes de marges et incomplètement coloriées. — On y joint 3 planches en double (n°s 4, 12 et 18), également plus courtes et non entièrement coloriées.

83. **Maggi** (G.-B.). Uniformi Militari dell' Armata di S. M. Sarda. *Torino*, (1844) ; in-fol., en feuilles.

15 planches (sur 30) lithographiées par *Gonin et Pedrone*, en noir — 3 planches sont *coloriées* ; deux sont plus courtes de marges.

84. **Adam.** Erinnerungen an die Feldzuge der K. K. Œster. Armee in Italien in den Jahren 1848-49. In Handzeichnungen nach der natur, lithog. u. herausgegeben Van den Brüdern Adam in Munchen. *München, s. d.* (1851). In-fol. obl., en feuilles.

Suite de titre, dédicace, préface et 24 planches lithographiées sur *papier de Chine*, accompagnées chacune d'un texte imprimé sur feuilles volantes, représentant des scènes et batailles de la guerre de l'indépendance italienne contre l'Autriche.

85. **Grimaldi** (Stan). Guerra dell' Indipendenza Italiana Campagna dell' Esercito Piemontese nel 1848-1849. Fatti di Valore individuale. *Paris, imp. Lemercier.* Gr. in-fol., en feuilles.

19 planches lithographiées par Bayot et *coloriées*, représentant diverses batailles et faits d'armes relatifs à la guerre de l'Indépendance italienne — Une planche plus courte de marges.

---

86. **Charlemagne** (A.) et **Ladurner**. Garde Impériale et Armée Russe. *Publié par Daziaro* (vers 1855), gr. in-fol. en larg., en feuilles, montées sur bristol.

Réunion de 11 belles lithographies *coloriées*, représentant sous forme de tableaux les divers uniformes de la Garde et de l'Armée Russe.

87. **KINNAIRD.** The Costume of the Russian Army, from a Collectionof drawings made on the Spot, and now in the Possession of the Earl of Kinnaird. *London. Edw. Orme*, 1807, in-fol., en feuilles.

Suite complète, comprenant un beau portrait d'Alexandre Ier, Empereur de Russie, gravé par *Golby*, imprimé en couleurs, titre, dédicace et 8 planches gravées et *coloriées*.

88. **Sauerweid.** Armée Russe. *A Paris, chez Nepveu* (1815). In-4 ; en feuilles.

6 planches gravées à l'*aquatinte* par *Jazet*, et *coloriées*.

---

89. **Armées** anglaise, bavaroise, prussienne et russe. *Paris, F. Sinnett et G. Lalonde, édit.* 4 albums in-12, cart. toile rouge.

Chaque album contient 25 planches de Costumes militaires lithographiées, se dépliant. Ens. 100 planches.

90. **Finart.** Uniformes des Armées alliées. *S. l., n. d.* (vers 1815) ; in-4, en feuilles.

Troupes Prussiennes. 12 pièces gravées par Duplessis-Bertaux, terminées par Levachez, et *coloriées* (Complet).

Troupes Anglaises. 10 pièces (sur 12) gravées à l'*aquatinte* et *coloriées.*

Troupes Russes. 8 pièces (sur 12) gravées à l'eau-forte et *coloriées.* Ensemble 30 planches sur 36.

91. **Von Pflugk-Hartlung et Von Zepelin.** Die Heere und Flotten der Gegenwart. Herausgegeben von Dr. J. von Pflugk-Harttung (und C. von Zepelin). *Berlin, Schall und Grund, s. d.* (1896-1898), 4 vol. in-4, *port., pl. et fig. en noir et en couleurs,* cart. toile de l'édit., fers spéc., tr. rouges.

Description des Armées et des Flottes de l'Allemagne, 1 vol. — *De la Grande-Bretagne et de l'Irlande,* 1 vol. — *De la Russie,* 1 vol. — *De l'Autriche-Hongrie,* 1 vol.

Nombreuses illustrations documentaires, planches de costumes en noir et en *couleurs,* etc.

---

92. **DRANER.** Types Militaires (Français et Etrangers). *Paris, s. d.* (1862-1868) ; in-fol., en feuilles.

Amusante Collection de 130 planches humoristiques de Costumes militaires, lithographiées et *coloriées.* — Les 6 planches supplémentaires parues postérieurement, ne concernent que des types militaires d'autrefois.

93. **Seccombe** (T. S.). Military Caricatures. *S. l., n. d.* (1874) ; in-fol., en feuilles.

Suite de 6 planches lithographiées et *coloriées.*

COSTUMES CIVILS

VOYAGES — MŒURS — MODES

94. **Demay** (G.). Le Costume au Moyen-Age, d'après les Sceaux. *Paris*, 1880, gr. in-8, *fig.*, demi-rel. de l'édit., chag. rouge avec coins, tête dor., *non rogné*.

Un des 75 ex. *sur papier vélin à la Cuve.*

95. **Fragonard** (Th.) et **Dufey**. Types et caractères anciens, d'après des documents peints ou écrits. Texte par M. A. Mazuy. *Paris. Delloye*, 1841, in 4, *planches*, cart. de l'édit.

Orné de 20 planches lithographiées, *en couleurs* et de vignettes sur bois dans le texte.

96. **Freudeberg**. Histoire des Mœurs et du Costume des Français dans le XVIIIe siècle. Ornée de 12 estampes dessinées par S. Freudenberg et gravées par les premiers artistes. Texte par *Restif de la Bretonne*. Revu et corrigé par M. Ch. Brunet. Préface par M. A. de Montaiglon. Avec la vie de Freudenberg traduite de l'allemand pour la 1re fois. *Paris, Willem*, 1878; in-fol., demi-rel. mar. brun avec coins, tête dor., *non rogné*.

Un des 30 ex. sur **papier de Hollande**, avec les gravures sur *chine* en double épreuve, *en noir et en bistre.*

97. **Moreau le Jeune.** Monument du Costume physique et moral de la fin du XVIIIe siècle ou Tableaux de la Vie, ornés de 26 figures dessinées et gravées par Moreau le Jeune et par d'autres célèbres artistes. Texte par Restif de la Bretonne, revue et corrigé par M. Ch. Brunet. Préface par M. A. de Montaiglon. *Paris, Willem*, 1876. In-fol., en feuilles.

Un des 100 ex. sur **papier de Hollande**, figures sur **papier de Chine**. — Restauration à une planche.

98. **MARTINET**. Costumes des différens Départemens de l'Empire Français. *Paris, Martinet, s. d.* (vers 1815) ; in-8, demi-rel., mar. rouge à long grain avec coins.

Suite de 20 planches gravées par *Maleuvre* et *coloriées.*

99. **LANTÉ, PÉCHEUX ET GATINE**. Costumes des Départements de la Seine Inférieure, du Calvados, de la Manche et de l'Orne. *Paris* (1827) ; 2 vol. in-4, demi-rel., veau avec coins.

Titre frontispice et 79 planches gravées par *Gatine*, et *coloriées*. — Il manque les 25 dernières planches de cette rare et intérssante série.

100. **Compte Calix**. Six tableaux, scènes coloriées de la Bonne Compagnie Parisienne. *Paris, Journal des Modes Parisiennes, s. d.* (vers 1860), in 4 obl., cart. bradel dos et coins percal. verte, non rogné, couv.

Suite complète de 6 planches gravées et *coloriées*, intéressantes pour les costumes du *Second Empire*.

101. **La Mode**. — De l'orig. **1829 à 1834**. 5 vol. in-8, demi-rel.

Collection comprenant **375 planches** gravées et *coloriées*, numérotées de 1 à 400.

Il manque les pl. 25, 28, 37, 76, 117, 133, 349, 354, 355, 356, 360, 361, 362, 366, 367, 369, 372, 374, 379, 382, 386, 389, 390, 393 et 396.— La pl. 13 est à l'état d'eau-forte. On a ajouté la pl. 403.

Le 1er vol. est dérelié et plusieurs planches sont détachées des autres volumes.

102. **Modes de Paris**. *Petit Courrier des Dames*. De l'orig. **1821 à 1830** (nos 1 à 749) — Réunion de **279 planches** gravées et *coloriées* ; in-8, en feuilles.

103. **Modes de Paris**. *Petit Courrier des Dames*, de **1830 à 1845** (nos 754 à 2101). — Réunion de **235 planches** gravées et *coloriées*. In-8, en feuilles.

On a joint un lot de **262 planches** de Modes, gravées et *coloriées*, de **1830** à **1850**, provenant de *La Sylphide, La Mode, Le Colifichet, Le Follet, Le Conseiller des Dames, Le Protée*, etc.

Ensemble **497 planches**.

104. **Journal des Femmes**, 1832-1835. — Réunion de 68 planches gravées et lithographiées, en noir et *coloriées* : Vues, scènes, portraits, costumes, etc., par Rouargue, Devéria et autres.

105. **Gavarni**. Journal des Gens du Monde. *Paris, lith. de Benard*, 1833-1834 ; in-4, en feuilles.

14 jolies lithographies *coloriées* par *Gavarni* de Costumes et Travestissements féminins.

106. **Gavarni** et **Devéria**. Nouveaux Travestissemens. *Paris, Hautecœur-Martinet* ; in-4, en feuilles.

12 planches lithographiées et coloriées par *Gavarni* et *Devéria*. (Pl. n°s 28, 31, 33, 35, 36, 55, 58, 60, 65, 70, 82 et 86). 2 planches sont en noir.

107. **Les Modes P[illegible]nnes**. Keepsake des Dames. 1re année, 1844-1846 ; 3 vol. in-[illegible] *[illegible]lanches coloriées*, brochés.

Exemplaire comprenant du n° 45 (7 janvier 1844) au n° 200 (27 déc. 1846). — Manquent les pl. 58, 95, 98, 105, 106, 167, 175, 186, 191, 196 et les livraisons et planches 79 à 83, 103, 104, 153 à 156. Les livraisons 149 à 152 sont plus courtes.

On a ajouté les pl. 202, 207, 212 à 214, 235, 253, 254, 273, 275 et 317.

108. **Le Caprice**, Journal des Modes. Revue des Théâtres, de la littérature et des Arts. Tome XII (**année 1848**). *Paris*, 1848, in-4, *planches coloriées*, demi-rel.

Volume accompagné de 68 planches hors texte gravées et *coloriées*.

On y a joint : **Magasin des Demoiselles**. 1860-1862, 3 vol. in-8, *planches col.*, demi-rel.

Exemplaire comprenant :

Tome XVI. Oct. 1859 — août 1860. 13 pl.

Tome XVII. Oct. 1860 — sept. 1861, 15 pl.

Tome XVIII. Oct. 1861 — Sept. 1862, 15 pl. (dont 1 incomplète).

109. **Le Conseiller des Dames** (et des Demoiselles). Journal d'Economie domestique et de travaux d'aiguilles. Tome 1er (1847-1848) — Tome XXIe (1867-1868). *Paris*, 1847-1868, 20 vol. gr. in-8, *planches de Modes coloriées*, brochés, *couv. imp.*

Manque le tome XI. — Importante série en très bel état.

110. **Modes Masculines**, de **1830 à 1850** environ. — Réunion de **281 planches** *gravées et coloriées*, extraites du *Petit Courrier des Dames, la Mode, Le Follet, le Bon Ton, Paris Elégant*, etc.

Quelques unes de ces planches renferment des modes enfantines.

111. **Modes du Second Empire**, de **1850 à 1870** environ. — Collection de **815 planches** gravées et *coloriées*. En feuilles.

Réunion importante pour l'Histoire des Modes sous le Second Empire.

La Mode illustrée, 1851-1853. 155 planches in-4. — *Le Moniteur de la Mode*, 1850-1868, 130 planches. — *Le Bon Ton, Le Follet, Le Magasin des Demoiselles, Le Conseiller des Dames, La Mode, Le Foyer domestique, Le Petit Messager, Petit Courrier des Dames, La France Elégante, Journal des Demoiselles, Journal des Jeunes Personnes, La Corbeille, La Toilette de Paris*, etc. 530 planches, la plupart classées par années.

Ens. 815 planches.

112. **Janet** (Gustave). La Mode Artistique. *Paris, Imp. Lemercier, s. d.* (vers 1865) ; in-4, cart. toile de l'édit.

Album de 48 planches lithographiées sur teinte et *coloriées* de Modes féminines.

113. **L'Art et la Mode**. 1896-1900. Réunion de 74 planches lithographiées et *coloriées*. In-4, en feuillles.

On y a joint **145 planches** de la *Mode illustrée et autres*, de 1871 à 1894 environ.

Ensemble **219 planches**.

114. **Les Chefs-d'Œuvre** à l'Exposition Universelle Internationale de 1900. — Les Toilettes de la Collectivité de la Couture (Par L. Perdoux). *Paris, s. d.* (1900) ; in fol., en feuilles, dans un emboîtage.

Album de 52 planches.

---

115. **Les Cent et un Coiffeurs** de tous les Pays. Ouvrage fondé par Croisat, Professeur. *Paris*, 1837-1840, 4 vol. gr. in-8, *planches*, brochés, *couv. imp.*

Publication rare, ornée de nombreusee planches en noir et *coloriées*, de Coiffures.

116. **Croisat.** Théorie de l'Art du Coiffeur, ou Méthode à suivre pour approprier la Coiffure aux traits, l'âge et la stature. Par Croisat, Professeur, *Paris, chez l'Auteur*, 1847, in-8, *planches*, broché, *couv. imp.*

Volume rare, orné de planches de coiffures.

117. **La Vogue élégante.** Modèles de Coiffures par Charles. *Paris, chez l'Auteur*, 1863 ; in-4, broché.

Album de titre, notice et 5 planches lithographiées, sur *chine*, par *Léon Noël* et *Guérard*, numérotées de 11 à 16, et accompagnées d'un feuillet descriptif.

Ex. contenant 4 planches en *double état*, dont l'*avant letttre*, et auquel on a ajouté 6 planches (*1 en double état*) de l'*Album de 1862*, épr. *avant la lettre, sur chine.*

Ensemble 15 planches.

118. **GAVARNI**. Etudes d'Enfants. *Paris, Gihaut fr., édit. ; London, Ch. Till, s. d.* (1834) ; in-4, cart.

Suite complète de 12 lithographies *coloriées*. — *Premier tirage*.

119. **Guérin** (Léon). Les Jours de Congé. Dessins par MM. Gueyrard et C. Deshayes. *Paris, Aubert et Cie. s. d.* ; in-8, *planches*, cart toile, orné fers spéc., tr. dor. (*Cart. de l'Editeur*).

Ouvrage orné de 15 planches de Modes, gravées et *coloriées*.

120. **Saillet** (Alex. de). Les Enfants chez tous les Peuples ou la Famille de l'Armateur. *Paris, Descesserts, s. d.* (1843) ; in-8, *pl.*, cart. toile bleue, orné fers spéc., tr. dor. (*Cart. de l'Editeur*).

Orné de 20 lithographies *coloriées* par *Vogel* et figures sur bois dans le texte, intéressantes pour les Costumes des Enfants des différentes Nations. — Peu commun.

120 *bis*. **Saillet** (Alex. de). Les Enfants peints par eux-mêmes ; types, caractères et portraits de jeunes filles. *Paris, Desessarts*, 1842, in-8, *pl.*, demi-rel. veau vert, dos orné, tr. marb.

Orné d'un front., de 36 lithographies par *Ch. Saillet* et de figures sur bois dans le texte.

121. **Tomkins** (P.-W.). To her Royal Highness, the Princess Amelia, this Book, representing the Birth-Day Gift or the Joy of a New Doll, from papers cut by a Lady. *London*, 1796, in-4 obl., demi-rel.

Album de titre et 7 jolis petits sujets représentant des *Jeux de fillettes*, gravés au *pointillé* par *P.-W. Tomkins*.

---

122. **Arnoult. Paris et ses Environs.** Vues et monumens les plus remarquables, dessinés d'après nature et lithographiés par Arnoult. *Paris, Hauser*, 1841. — Vues pittoresques du Chau et parc de Versailles, du grand et du petit Trianon, dessinées d'après nature et lithographiées par Arnoult. *Paris, Clément, s. d.* Ens. en 1 vol. in-4 obl., demi-rel., plats toile, *couvertures*.

La 1re suite contient 36 planches et la seconde, 12 planches. — Ensemble 48 lithographies par *Arnout, coloriées*, avec couvertures.

123. **Paris dans sa Splendeur.** Monuments, vues, scènes historiques, description et histoire. Dessins de Ph. Benoist, Chapuy, Cicéri, Clerget, J. David, etc. Texte de Bailly, Darcel, E. Fournier, Le Roux de Lincy, Mérimée, etc. *Paris, Charpentier*, 1861, 3 vol. gr. in-fol., *planches*, demi-rel. mar. brun avec coins, têtes dor., *non rognés.*

Bel ouvrage important pour l'Histoire de *Paris sous Napoléon III.* On a relié à la fin du 3e vol. : **Paris et ses Ruines** en mai 1870, précédé d'un coup d'œil sur Paris de 1860 à 1870. Dessins et Lithographies par MM. Sabatier, Benoist, etc. Texte par V. Fournel. 3e édit. *Paris, Charpentier*, 1874. *Avec 20 pl. en noir et en couleurs.*

124. **Desaix** (J.) et X. **Eyma**. **Nice et Savoie.** Sites pittoresques, Monuments, Description et Histoire des Départements de la Savoie et des Alpes Maritimes (anc. province de Nice) réunis à la France en 1860. Dessins d'après nature par Félix Benoist, lithographiés à plusieurs teintes (genre aquarelle). Texte par Jos Desaix et Xavier Eyma. *Paris et Nantes, Charpentier*, 1864, 3 parties gr. in-fol., *pl. et cartes* ; en feuilles, avec couv. de livraisons, dans un carton.

Orné de 90 planches lithographiées en diverses teintes et de 2 cartes, par *F. Benoist.*

125. **Berbrugger. Algérie historique**, Pittoresque et Monumentale. Recueil de vues, monuments, cérémonies, costumes, armes et portraits ; avec texte descriptif par M. Berbrugger. *Paris, Delahaye*, 1843, 7 parties en un vol. gr. in-fol., *planches*, demi-rel. mar. brun.

Ouvrage orné d'un titre *en couleurs*, de 131 planches de vues diverses scènes militaires, portraits, etc., et de 3 cartes et plan.

---

126. **Opiz.** Volkstrachaten der Deutschen. *Leipzig, Breitkopf und Hærtel, s. d.* (1830) ; in-fol., en feuilles.

Suite complète de 6 planches lithographiées d'après les dessins de *Opiz*, de costumes des habitants *d'Allemagne et d'Autriche.* — Chaque planche est à plusieurs personnages.

127 **Grænicher** (S.). (Costumes Saxons). *Dresden, bei H. Rittner, s. d.* (vers 1805) ; in-4, en feuilles.

17 belles planches gravées et *coloriées* avec soin, de costumes d'hommes et de femmes de la Saxe.

128. **SUHR** (C.). **Costumes de Hambourg**, dessinés et gravés par C. Suhr. *S. l.*, 1808, in-fol., dérelié.

Titre, table et 35 planches (sur 36) gravées et *coloriées*.

Suite très rare d'une belle exécution, représentant les costumes des servantes et artisans de Hambourg, du Vierland, d'Helgoland, du Holstein.

On a joint 5 planches du même artiste, numérotées de 1 à 6 (la 1re pl. de double format est numérotée 1-2), gravées et *coloriées*, représentant les costumes d'ouvrières de Hambourg. Très belles pièces.

Ens. 40 planches.

Vendu 750 frs. Vente Glaser, sans les 5 planches supplémentaires.

---

129. **Picturesque Representations** of the Dress and Manners of the English. Illustrated in fifty coloured Engravings, with descriptions. *London, Th. M'Lean* (1813) ; in-4, *pl.*, demi rel., *non rogné.*

50 jolies planches gravées et *coloriées* de Costumes Anglais : *le Roi, les Ministres, Militaires, Personnages de professions diverses*, etc. — Chaque planche est accompagné d'un feuillet de texte.

130. **Vues des Iles de Guernesey** et Jersey. *Guernsey, M. Moss*, 1829-1837 ; in-4 obl., chag. noir, dos et plats ornés, tr. dor. *(Rel. de l'époque)*.

Album de 32 lithographies *coloriées* de vues de Guernesey et de Jersey par *T. Compton, G. S. Sherpherd, J. Young, N. de Garis*, etc.

Rare.

---

131. **Mollo**. (Costumes Austro-Hongrois). *A Vienne, chez T. Mollo et Comp., s. d.* In-4, cart. bradel percal.

50 planches gravées et *coloriées* avec soin. Légendes en français et en allemand. — Quelques planches sont détachées du vol.

132. **Valerio** (Th.). Souvenirs de la Monarchie Autrichienne. Suite de dessins d'après nature gravés à l'eau-forte par Th. Valerio. — Hongrie — Croatie, Slavonie, Frontières Militaires. *Dresde, s. d.* (vers 1855), 2 parties en 1 vol. in fol., *42 planches*, vélin à recouv., *non rogné, couv.* — Dalmatie — Montenegro, 2 parties, in-fol., *18 planches*, en livraisons.

Premier tirage à *150 ex.* de 60 belles eaux-fortes par *Th. Valerio*, tirées sur *papier de chine.*

132 *bis*. **Mercey** (Fréd.). Le Tyrol e tle Nord de l'Italie. Esquisses de mœurs, anecdotes, paysages, chants populaires, etc. Extrait du journal d'une Excursion dans ces Contrées en 1830. Ouv. accompagné d'une carte et de 18 sujets de paysages et de costumes, dessinés d'après nature et gravés à l'eau-forte par l'auteur du journal. *Paris, Paulin*, 1833, 2 vol. in-8, *pl. et carte*, demi-rel. chag. rouge.

---

133. **Costumes Belgiques** (sic) anciens et modernes, Civils et Religieux. *Paris, Lith. royale de Jobard*, 1830, in-4, *planches*, demi-rel. du temps.

Titre orné, 124 planches lithographiées et *coloriées* par *Madou* et *Van Hemebryck*, et textes explicatifs.

134. **Maaskamp**. Tableaux des Habillemens, des Mœurs et des Coutumes en Hollande, au commencement du XIXe siècle. *Amsterdam, Maaskamp, s. d.* (1805) ; in-4, *front. et pl.*, demi-rel. chag. noir, plats toile.

Orné d'un front. et de 20 jolies figures gravées et *coloriées*, par *Portmann*, d'après *Kuyper*. Texte hollandais et français.

134 *bis*. **Brunes** (Joh. de). Emblemeta of Zinne Werck : woorghestelt, in Beelden, Ghedichten, en breeder vytlegghinghen. *T'Amsterdam*, 1624 ; in-4, *fig.*, vélin anc.

Orné d'un front. et de 51 figures d'Emblêmes gravées sur cuivre, intéressantes pour les *Mœurs et Costumes.*

---

135. **COSTUMES DANOIS**. *Sl.*, *n. d.* (Copenhague, 1805). In-4, veau marb., dos orné, fil. *(Rel. anc.)*.

Collection de 50 jolies planches anonymes, gravées et *coloriées* de Costumes d'hommes et de femmes.

10 planches sont en feuilles, et un peu plus courtes de marges.

Suite très rare et très recherchée, qui a atteint le prix de 1250 couronnes, dans une vente à Vienne (Vente Franz Gaule, 18-23 mars 1907).

136. **Clerjon de Champagny**. Album d'un soldat pendant la Campagne d'Espagne en 1823 (par Clerjon de Champagny). *Paris, imp, de Cosson*, 1829, in-8, *pl.*, demi-rel. veau rouge avec coins, dos orné, tête marb., *ébarbé*.

Ornée de 40 lithographies *coloriées* par *Cœuré* d'après les dessins de l'auteur, de Costumes Espagnols.

Bel ex. d'un livre peu commun.

137. **Costumes Espagnols — Aquarelles** originales, in-fol., en feuilles, montées sur bristol.

Collection de **12 aquarelles** exécutées vers 1810-1815, représentant différents costumes, scènes et mœurs de l'Espagne.

138. **Langlois** (C.). Voyage Pittoresque et Militaire en Espagne. Dédié à S. E. Mr le Mal Gouvion St-Cyr. *Paris, Engelmann et Cie*, *s. d.* (1830) ; in-fol., *planches*, demi rel. veau fauve avec coins.

Ornée de 40 planches lithographiées sur *papier de Chine*.

139. **Lewis's** Sketches of Spain and Spanich Character made during his tour in that Country in the years 1833-4. *London, F. G. Moon, s. d.* (vers 1835) ; gr. in-fol., *planches*, demi-rel.

Vignette sur le titre et 25 belles planches lithographiées par *J.-F. Lewis*, intéressantes pour les Mœurs et Usages des Espagnols au milieu du XIXe siècle.

139 *bis*. **Costume of Portugal**. *London, Colnaghi and Co*, 1814 ; in-4, *fig.*, demi-rel. veau gris avec coins, tr. dor.

Orné de 50 belles planches gravées et *coloriées*, de costumes, mœurs et usages des Portugais. Texte en anglais et en français.

Manque le titre.

140. **Costumes de Femmes d'Italie.** *S. l., n. d.* (vers 1820). In-4, demi-rel. veau, *non rogné.*

16 belles planches gravées et *coloriées,* numérotées de 1 à 16, dans le genre de *Lanté et Gatine.*

141. **Lindstrom.** Panorama delle Scene Popolari di Napoli 1832, da Lindstrom, pittore suedese. *S. l.,* 1832 ; in-fol. allongé, demi-rel. veau vert avec coins, dos orné, *non rogné.*

Suite rare de 18 planches en forme de frises gravées à l'eau forte par *Lindstrom,* représentant des *scènes diverses des rues de Naples, marchands, voitures, promeneurs.*

141 *bis* **Pinelli.** Il Meo Patacca. Poema giocoso nel linguaggio romanesco di G. Berneri. 52 tavole inventate ed incise da B Pinelli. *Roma,* 1823, in-fol. obl., demi-rel. mar. vert avec coins, *ébarbé.*

Suite peu commune de 52 planches gravées à l'eau-forte par *Pinelli,* faites pour illustrer le poëmr de Berneri.

142. **Coronelli** (P.). Lombardia, Ch' abbraccia gli stati de Duchi di Savoja, Mantoua, Parma e Modona e del Milanese. *Torino,* 1706 ; in-4 obl., cart. anc.

Vues, plans et cartes de *Lombardie, Duché de Savoie, Mantone, Parme,* etc.

---

143. **Costumes de l'Empire Russe**, représenté en plus de 70 gravures superbement coloriées. *London, Stockdale,* 1811, in-fol., *planches,* demi-rel. de l'époque.

Frontispice et 72 planches gravées et *coloriées.* Texte anglais et français.

---

144. **Grafstrom** (A.). Une année en Suède, ou Tableaux des Costumes, Mœurs et Usages des Paysans de la Suède, suivis des sites et Monumens historiques les plus remarquables. Texte explicatif par A. Grafstrom. Publié par C. Forssell. Traduit du suédois. *Stockholm, J. Horberg,* 1829 ; in-4, *planches,* cart. original illustré, tr. dor., *couv. conservée.*

Orné d'un frontispice et 47 belles planches gravées et *coloriées* par *Forssell.*

---

145. **Hentzy**. Promenade pittoresque dans l'Evêché de Bâle, aux bords de la Bise, de la Sorne et de la Suze ; accompagnée de 44 paysages et sites romantiques fidèlement copiés d'après nature. *Amsterdam*, *Groebe*, *s. d.* (vers 1810). 2 vol. in-8, *planches*, demi-rel.

Orné de 44 vues gravées à *l'aquatinte.*

146. **Raoul-Rochette**. Lettres sur la Suisse, écrites en 1819, 1820 et 1821. Seconde édition, ornée de gravures d'après Konig et autres paysagistes célèbres. *Paris*, *Nepveu*, 1823, 2 vol. in-8, *fig.*, veau racine, tr. marb. *(Rel. anc.).*

Orné de nombreuses planches gravées et finement *coloriées* de costumes et de Vues de Suisse. — Bel ex.

147. **REINHARDT**. Collection de Costumes Suisses, d'après les dessins de Reinhardt. Chaque planche représente un Costume avec une Vue prise sur les lieux, à laquelle on a joint la description en anglais et en français. *Londres*, *W. T. Gilling*, 1822, in-4, demi-rel.

Orné de 30 belles planches de Costumes Suisses par Reinhardt, gravées à *l'aquatinte* et *coloriées.*

148. **Scheuchzero** (J.-J,). Itinera per Helvetiæ Alpinas Regiones facta annis 1702-1711. *Lugdv. Balav.*, 1723, 4 tomes en 1 vol. in-4, *planches*, veau anc.

Ouvrage accompagné de nombreuses planches gravées : vues, monuments, portraits, histoire naturelle.

Bel exemplaire.

149. **Travels in Switzerland** and the country of the Grisons : in a series of letters to William Melmoth, from William Coxe. *London*, *Cadell*, 1794, 2 vol. in-4, *pl.*, veau racine.

Orné de 27 planches à *l'aquatinte* et d'une carte.

---

150. **Deval** (Charles). Deux années à Constantinople et en Morée (1825-1826). Ou Esquisses historiques sur Mahomet, les janissaires, les nouvelles troupes, Ibrahim-Pacha, Soliman-Bey, etc., par M. C... D..., élève interprète du roi, à Constantinople. Ouvrage orné d'un choix de costumes orientaux soigneusement coloriés et lithographiés par M. Collin, élève de Girodet. *London*, *R. G. Jones ; Paris*, *Nepveu*, 1828 ; in-8, *planches*, demi-rel.

Orné de 16 lithographies *coloriées* avec rehauts d'or.

151 **Vialla de Sommières** (le Cel L. C.). Voyage historique et politique au Montenegro, contenant l'origine des Monténégrins, la description topographique, pittoresque et statistique du pays, les Mœurs, Usages, Coutumes, Préjugés, etc. Orné d'une carte et de 12 gravures coloriées. *Paris, Eymery*, 1820, 2 tomes en 1 vol. in-8, *carte et pl. coloriées*, veau fauve *(Rel. anc.)*.

152. **Stackelberg** (O. M. de). Vestiture ed Usi de Popoli della moderna Grecia. Litografizzati e colorati d'apresso i disegni eseguiti sopra luogo nel 1811 dal Barone O. M. de Stackelberg. *Napoli, lith. Cuciniello e Bianchi* (1827) ; in-4, demi-rel. de l'époque.

36 lithographies *coloriées* de Costumes Grecs.

153. **Costumes du Levant.** Réunion de **9 aquarelles** anciennes ; in-4, en feuilles.

154. **Alexander** (William). The Costume of **China**, illustrated in forty-right coloured engravings. *London, Miller*, 1805, in-4, *pl.*, demi-rel. mar. rouge à long grain avec coins.

Orné de 48 planches gravées et *coloriées : Costumes, Mœurs et Usages des Chinois.*

Bel exemplaire contenant *une double suite des gravures, en noir.*

155. **Drouville** (Gaspard). Voyage en **Perse**, fait en 1812 et 1813. Seconde édition. *Paris*, 1825, 2 vol. in-8, *planches*, demi-rel.

Orné d'un portrait et 53 lithographies *coloriées* de Personnages, Costumes, Monuments, etc. de la Perse.

156. **Raffles** (Th. Stamford). The History of **Java**. With a map and Plates. *London, Black*, 1817, 2 vol. in-4, veau fauve, comp. de fil., tr. jasp. *(Rel. anc.)*.

Nombreuses planches en noir et *coloriées :* Costumes, Monuments, Cartes, Curiosités diverses, etc.

157. **Laborde** (Léon de). Voyage de l'Arabie Pétrée, par Léon de Laborde et Linant, publié par Léon de Laborde. *Paris, Giard*, 1830, 2 vol. gr. in-fol., *dont un de planches*, demi-rel. de l'époque, *non rognés*.

Orné d'un titre avec lithographie par *V. Adam* et 69 planches lithographiées avec 91 sujets tirés sur *papier de Chine.*

158. **Fontane** (Marius). Voyage pittoresque à travers l'Isthme de Suez. 25 grandes aquarelles d'après nature par Riou, lithographiées en couleur par M. Eugène Cicéri. *Paris, Paul Dupont et Lachaud, s. d.* (1869) ; gr. in-fol., *port., carte et 25 pl. en couleur*, demi-rel. chag. rouge, fers spéc., tr. dor., *non rogné. (Rel. de l'Editeur.).*

159. **Lyon** (Captain G. F.). A Narrative of Travels in Northern Africa in the years 1818, 19 and 20 ; accompanied by geographical notices of Soudan and the Course of the Niger. With a chart of the routes, and a variety of coloured plates, illustrative of the Costumes of the several natives of Northern Africa. *London, J. Murray*, 1821 ; in-4, *planches*, demi-rel. veau gris avec coins, *non rogné.*

Carte et 17 planches lithographiées et *coloriées* par *F. G. Lyon*, intéressantes pour les mœurs et costumes des habitants de la Tripolitaine, du Soudan, etc.

160. **Delessert** (Eug.). Voyages dans les deux Océans Atlantique et Pacifique, 1844 à 1847. Brésil, Etats-Unis, Cap de Bonne Espérance, Nouvelle Hollande, Nouvelle Zélande, Taiti, Philippines, Chine, Java, Indes orientales, Egypte. *Paris, Franck*, 1848, in-8, *fig. et cart.*, demi-rel. chag. vert.

161. **Fuentes** (Manuel A.). Lima. Esquisses historiques, statistiques, administratives, commerciales et morales. *Paris, Firmin-Didot*, 1866, 1 vol. gr. in-8, *planches hors texte et fig. dans le texte*, cart bradel, dos et coins percal., *non rogné (Champs)*.

Curieuse étude des Mœurs ispano-américaines.

162. **Mialhe** (F.). Isla de Cuba pintoresca. *Lith. de la Real Sociedad Patriotica, s. d.* (vers 1830) ; in-4 obl., demi-rel. de l'époque.

Album de 36 lithographies par *F. Mialhe* : Vues diverses et scènes de mœurs de l'île de Cuba.

163. **Arago**. Voyage autour du Monde fait par ordre du Roi, sur les Corvettes de S. M. l'Uranie et la Physicienne, pendant les années *1817, 1818, 1819 et 1820*. Atlas historique par Mrs J. Arago, A. Pellion, etc. *Paris, Pillet aîné*, 1825 ; in-fol., cart.

Album de 102 planches en noir et *coloriées*, de cartes, scènes de mœurs, costumes, etc.
Incomplet des pl. 31 à 34, 55 à 58, 103 et 104.

164. **Arago** (J.). Souvenirs d'un Aveugle. Voyage autour du Monde. Nouv. édit. revue et augmentée, illustrée de 22 grandes vignettes, portraits et de 150 gravures dans le texte. *Paris*, *Lebrun*, *s. d.* (1843) ; 2 tomes en 1 vol. in-8, *fig.*, demi rel. chag. noir, plats toile, tr. dor. *(Rel. de l'Edit.)*.

165. **Excursions Daguerriennes**. Vues et Monuments les plus remarquables du Globe. *Paris*, *Rittner et Goupil*, 1841 ; in-4 obl., demi-rel. chag. vert, fers spéc. de l'édit.

Orné de 20 planches sur *chine*, gravées à l'aquatinte par *Salathé*, *Hurlimann*, *Martens*, etc., d'après *les daguerreotypes Lerebours*.

THÉATRE

166. **Album de l'Opéra**. Principales scènes et décorations les plus remarquables des meilleurs ouvrages représentés sur la scène de l'Académie Royale de Musique. Publié par Challamel. Dessins par MM. Alophe, Baron, A. Deveria, Français, C. Nanteuil, etc. *Paris Challamel*, *s. d.* (1844) ; in-4, *fig.*, demi-rel. veau, tr. marb.

Orné de 24 lithographies sur *chine*. — Ex-libris Massicot.

167. **Arnault** (A.-V.). Les Souvenirs et les Regrets du vieil Amateur Dramatique ou Lettres d'un oncle à son neveu sur l'ancien Théâtre Français. Ouvrage orné de gravures coloriées, représentant en pied, d'après les miniatures originales de Foëch de Basle et de Whirsker, les différents acteurs dans les rôles où ils ont excellé. *Paris*, *Leclère*, 1861, in-8, *fig.*, cart. toile bl., *non rogné*.

Orné de 40 planches *coloriées*, représentant les artistes dans leur principaux rôles.

168. **Bianchini** (Ch.). Le Costume au Théâtre et à la Ville. *Paris*, *Hautecœur*, 1886-1887 ; in-4, *planches*, demi-rel. chag. vert, tête dor., *ébarbé*, couv.

Orné de 80 planches de Costumes *coloriées*, dessinées par *Mesplès*, la plupart sur *japon*.

169. **Les Beautés de l'Opéra**, ou Chefs-d'œuvre lyriques, illustrés par les premiers Artistes de Paris et de Londres, sous la direction de Giraldon. Avec un texte explicatif rédigé par Th. Gautier, J. Janin et Ph. Chasles. *Paris, Soulié*, 1845, in-8, *fig.*, chag. rouge, orné fers spéc., tr. dor. *(Rel. de l'Edit.)*.

Beau volume imprimé sur *papier vélin fort*. Chaque page est entourée d'un encadrement différent de dessin et de couleur ; figures sur bois dans le texte et 10 portraits sur acier.

170. **Germont** (L.). *(Rose-Thé)*. Loges d'Artistes. Dessins de F. Fournery. *Paris, Dentu*, 1889, in-8, *fig.*, broché, *couv. imp.*

Un des quelques ex. sur **papier du japon.**

171. **Houssaye** (Arsène). La Comédie Française, 1680-1880. *Paris, L. Baschet*, 1880, gr. in-fol., *port.*, en feuilles.

Un des 100 ex. sur **papier de Hollande**, avec les 32 portraits hors texte sur **papier du Japon** et **avant la lettre.**

172. **Mekenrenter.** Neu erossneter Masquensaal oder : Der Verck leidetein Sendnichen Gotter Gottinnen und Vergotterter Heden Theatralischer tempel... Ben Johan Mekenreuter. *Bayreuth, J. Lobern*, 1723, in-fol., cart.

Recueil de Costumes de Théâtre dans le genre de *Bonnart.*
Ex. incomplet, se composant de 3 ff. lim., 87 pp. de texte, 4 ff. de table et 82 planches de Costumes de Théâtre, signées *J.-C. Dehne fe.* Quelques restaurations. — Provenant de la vente Porel.

173. **Le Monde Dramatique**. Revue des spectacles anciens et modernes. *Paris*, 1835-1837, 4 vol. in-8, *front. et fig.*, demi-rel. veau vert, dos ornés, tr. marb. *(Rel. de l'époque)*.

4 premières années, ornées de 103 planches hors texte : portraits, costumes, scènes, etc. Quelques lacunes ?

174. **Nouvelle Galerie Théâtrale**, par MM Chatinière, Draner, Grévin, Morlon, Stop, faisant suite à la Petite Galerie Dramatique et à la Galerie Dramatique, Costumes des Théâtres de Paris. *Paris, Maison Martinet (Imp. Lemercier et Becquet)*, s. d. (1875-1880), 3 vol. in-4, demi-rel. mar. rouge avec coins, dos ornés, têtes dor., *non rognés.*

Collection de 300 planches lithographiées et *coloriées* d'acteurs et d'actrices dans leurs rôles principaux. — Bel ex.

175. **Le Théâtre Illustré** (Album des Théâtres). 2e année, n° 1 au n° 78. *Paris, s. d.* (1869) ; in-4, *planches*, chag. rouge, tr. dorée.

Collection complète du Théâtre Illustré, ornée de 76 portraits d'acteurs et d'actrices lithographiées par *Théo* et *coloriées.*
Manque 3 numéros (2, 3 et 13).

176. **Les Théâtres de Paris.** Notices et portraits. Texte par une Société de Gens de lettres, dessins par Eustache Lorsay, lithographies par Collette. *Paris, Biendiné, s. d.*, gr. in-8, *pl.*, cart. bradel, dos perc. bl., *non rogné, couv.*

64 portraits en pied d'acteurs et d'actrices dans leurs principaux rôles, en noir et *coloriés.*

177. **La Chanson illustrée.** Rédacteur en chef : Alex. Flan. 1re année, n° 1 (28 mars 1869) au n° 78 (2e année, 1870). En un vol. in-fol., *fig.*, cart.

Collection complète de ce journal, créé par *Alex. Flan*, vaudevilliste, et qui cessa de paraître le jour où l'Armée Prussienne investit Paris.

IMP. CH. BRANDE
23, RUE DE L'ÉGLISE
LE VÉSINET.

www.ingramcontent.com/pod-product-compliance
Ingram Content Group UK Ltd.
Pitfield, Milton Keynes, MK11 3LW, UK
UKHW021041180726
13838UKWH00004B/1949